谨以此书献给所有帮助过我的人

特别是一位已经离去　但还来不及感谢的老师

文字/薛之谦　摄影/施政

太平洋的风

薛之谦旅行照相本

上海人民出版社

说在前面

　　塞班，北玛利安纳群岛最南端的一座天堂。在那个令人神往的小岛上，你可以尽情呼吸摄氏30度的温暖空气，远眺无边无际的湛蓝大海，让柔和的白沙轻轻吻上你的脚丫。

　　原本还带着一点工作的心情上路的我，从被丢到小岛上的那一刻开始，每一根紧绷的神经都打起了哈欠，我也就完完全全进入了度假的状态。因为面对美到让人窒息的海，脑袋就会一片空白；因为一脚踏上沙滩，看着比基尼美女走来走去，就不会再顾忌形象问题，只想快快脱得清凉下去玩水；因为当地人的热情款待，再加上美食当前，我总会情不自禁想说：能不能不要回去了呢……总之，那是一个可以让人放下一切的地方。

　　感谢可爱的摄影工作狂人施政，多亏他的"强行逼迫"和我无休止的卖力"拗造型"，才有了这本精美的"海岛之行全记录"。哈哈，羡慕归羡慕，看书的时候可不要流口水哦！

　　废话不多说，现在就请你翻动书页，让我陪你去看一看大海吧。用心感觉一下，或许还能嗅到太平洋上风的气息哦！

——塞班归来被晒到脱皮但依然很high的 薛之谦

乐游

飞速骑行 一直向前

烦恼 于是被抛在后面

单车 是属于年轻人的交通工具

用两只轮子滚过地面

丈量一块陌生领域的大小

阳光是自然的馈赠
黝黑的皮肤
搭配最肆无忌惮的笑
构成的画面 名叫快乐

我是天空中一只迅疾飞过的小鸟
在不被确认的城市里
停下来歇脚

那些路牌 不能告诉我该去向何方

奇怪的是

迷失的感觉 竟也如此美好

偶尔疲倦的时候
一通打回家里的电话
总是那么温暖 而又必需

慢活

把自己放低 尽可能靠近大地
像树根汲取养分那样 沾一沾自然的灵气

但也别让双脚忘记了攀登
离开地面 就更接近天空

于林间穿梭嬉戏

在陌生人的眼睛里

找到另一个自己

树枝向上生长
想和天空对话
我也舒展身体
听见的是自己心里的声音

汗水混合泥土的芳香
调和成为森林的味道
攀爬 匍匐 躬身 前行
任眼前的绿层层铺开 蔓延无边
脚步很快 心却很慢
隐匿于山林野趣之中
几乎忘记了时间的存在

登顶的那一刻
天有些阴 海依旧很蓝
没有人能够抗拒
那一种叫做征服的感觉

云仿佛很近

天空与海洋 等待着我的记录

可是 再好的镜头

也无法描述来自顶峰的极限之美

看海

蓝色的海边

总有美丽的邂逅

在不经意间等待

在海边 奏响一首轻巧的晨之序曲

脚步再快 也赶不上光的变幻

微风沿途经过 在沙滩

留下触摸不到的足迹

快乐 或者沉思
海仍是这样看我 笑我的痴

起伏的浪
是海洋深重的呼吸
缥缈的云
是天空流动的幻影

光着脚丫 与水嬉戏
且让咸涩的风 肆意注入我的胸膛

什么时候 才能像永恒矗立的礁岩一样
沉默 而有力

或是如同奔涌而至的海浪
在拍岸的瞬间 迸发所有的激情

To be a better man.

踏浪

趁着最明艳的日光 借船出海
坐拥暖的空气 和那一片幽蓝

头发乱了 不要紧

没有形象 不要紧

只要玩得痛快

又有什么要紧?

就这样花花绿绿地下水去
那些可爱的彩色鱼
会不会把我当成同类

风驰电掣 刺激带来心跳
完美驾驭 然后 征服那一片海洋

我面对镜头微笑
由大海替我 将那份惬意小心收藏

摆好架势 用力挥杆

心像那颗白色的小球

划出弧线 落在了很远的地方

光影

我是那跳动的音符

在海浪的伴奏之下

舞出撩人心弦的旋律叮咚

我想

就这样坐在海边

散散淡淡 写一首歌

唱给你听

那首关于海的钢琴诗

正被一点一点 渲染成大段的华彩乐章

海 在深重缓慢地呼吸

张弛起伏 深邃迷人

这里的一切 无需预演与彩排 亦不可提前获知

听从规律 顺应自然

应该 就是最好的办法

犹如钢琴上的黑白键
海边的我
竟也可以
分明得如此纯粹
向天空伸出臂膀
是否 就可以捕捉到
那被织进海风里头的
古老传说与梦?

95

日暮

俏皮的眼神 上扬的嘴角

最适宜搭配身上清凉的衣装

海水不咸 快乐很甜

摘天边镀了红光的云朵

做镜头前最美的布景

很远很远的地方

会否有小美人鱼 在轻声歌唱

暮色浓重 月亮探出了头
让一串串脚印
留在海潮归去的路上

把细沙间残留的一点点微温
紧紧地攥在手里
然而 日还是落了

你也赶着回家吗
不如留下来
和我一起享受
一天之中 那最后的一点暖

歇着

在晴朗安静的午后
什么都不做 就这么歇着
丢自己在角落
如果窗外云淡风轻
那么就让大脑 保持空白一片

音乐

是跟自己交谈的最好方式

那串盘旋在心里的音符

终于轻轻落在我的琴弦上

走廊上回荡起我空寂的脚步声

当阳光肆无忌惮地照射进来

我像一株饱满的绿色植物

开始默默地生长

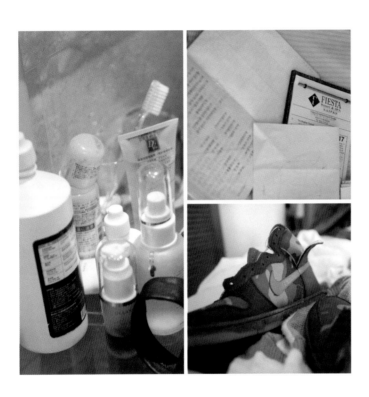

如果这个世界注定色彩纷乱
至少我想让自己留白

被阳光晒红了的肩膀
恰是这个假日 留给我的最佳礼物
在某个时刻 突然醒了
顿时不知身在何处

其他

海岛仿佛一座天堂
驻足凝视
也无法带走它的美丽